KB188852

종종

민음의 시 ● 328

종종

임경섭 시집

민음사

자서(自序)

아무리 들여다보아도
그곳엔 너밖에 없어.
화가 난 건지
아픈 건지
아님 별생각 없는 건지
종종 행복은 한 건지,
도무지 알 수 없는
어둠.

2025년 3월
임경섭

차례

1부

너는 나의 지어지지 않는 집

은영은 물살에 빠져나온 머리카락을
수영모 안으로 밀어 넣고 있었다

새로 산 실리콘 수영모는
은영의 긴 머리카락을 단단히 잡아 주었지만
빠져나온 것들을 정리하거나 수경을 고쳐 쓸 때마다
손가락 마디에 낀 머리카락이 몇 가닥씩 뽑혀 나가기
일쑤여서
은영은 레인을 한 번 왕복할 때마다
레인 끝에 기대서서
조심스레 벗은 수경을 목에 걸치고
앞머리와 옆머리와 뒷머리를
차례로 수영모 안으로 천천히 집어넣어야 했다

이미 여러 번을 왕복한 은영은 마지막 왕복을 위해
레인 끝에 서서 머리카락을 정리하고 있었다

자신의 뒷머리를 마지막으로 정리하며 은영은
물속에서 일렁이는 타일들을 내려다보고 있었다

몇 번을 왕복했는데
일렁이는 타일들이 왜 이제야 보였을까
생각하며 은영은 뒷머리를 찬찬히 정리하고 있었다

머리를 정리한 은영은
마지막 왕복을 위해 물속으로 들어갔지만
물속에서 타일들은 더 이상 일렁이지 않았다

수영을 멈춘 은영이 몸을 돌려 물 밖을 내다보자
물 밖의 천장이며 천장의 철제 구조물이며 구조물에
매달린 조명이며
창문으로 들어오는 햇살이며 햇살 옆으로 지나가는 사
람들이며
사람들의 그림자며 목소리며 하는 것들이
온통 일렁이고 있었다

꽃밭에는 꽃들이

언젠가 피어 있었다

블라인드 로프를
한 번씩 당길 때마다
몸을 부풀리는 볕

볕과 함께 밖은 안으로
쏟아져 들어오고 있었다

잡초 무성한 화단
가운데 꽂혀 있는 어린 모과나무
가지가 흔들리면 거기
바람이 꼭 그만큼 지나가고 있었고

지나간 것들을 향한 손짓이
앙상하게 흔들리며 안으로
안으로 들어오고 있었다

손짓은 방향을 잃고

가야 할 때와 와야 할 때를
구분하지 못했다

어린 모과나무 그림자만
방향을 잃지 않고 꼿꼿이
꽃 없는 화단 너머
공터 쪽으로 누워 있었다

공터 위로는 허공이 가득했다

블라인드 로프를
다 잡아당기자 더 이상
몸을 부풀리지 못하는 볕

볕을 따라 공터는
어느새 안으로 들어와 있었다

밖을 들여놓은 안은
밖으로 가득 찼지만

안에는 아무것도 없었다

우는 마음

자려고 누운 나는 잠이 들지는 않고
자꾸 눈물이 나 메모장을 연다

자꾸 눈물이 나는 나는
우는 마음에 대해 쓰고 싶어 메모장을 열었지만
우는 마음이 무언지 아무래도 알 수가 없다

우는 마음이란 뭘까
잠깐이나마 멈추는 방법에 대해 고민하다가
멈출 수 있는 방법이란 게 따로 없다는 걸
깨닫는 마음

보고 싶어도 볼 수 있는 방법이란 것이
2, 3년 혼곤한 잠 속을 배회하다가
우연히 마주치는 것 말고는 없단 걸
인정하는 마음

40줄에 울다 잠들어도
쉬이 엄마를 만날 수 없다는 걸 아는 마음

더러는 꿈결에 잠깐 마주친 엄마의 얼굴을 2, 3일
기억하는 마음

죽은 엄마의 나이와 내 나이가
엇비슷해지고 있다고 생각한 오늘
열다섯 된 우리 집 눈먼 개가 내 옆구리에 엎드려 밤새
빛을 보고 있었다

오늘이 시네

청탁받고 시를 쓰다가 완성하지 못하고 지웠다. 시와 함께 쓰라고 한 짧은 산문 때문이었다. 원하는 대로 시가 나오지 않아 산문을 먼저 끄적이고 있었는데, '이게 시네.'라는 생각이 들었다. 앞에 실린 「우는 마음」은 그때 끄적이던 산문이었다.

집안일로 아내와 춘천에 가고 있었다. 주말이라 잔뜩 밀려 있는 경춘국도 위에서 나는 아내에게 농담 삼아 말을 건넸다. 엄마를 주제로 시를 써야 하는데 잘 써지지 않는다고. 너는 내 엄마에 대해 객관적일 테니 네가 지금 시를 불러 보라고. 내가 받아 적겠다고. 이내 아내는 "오늘이 시네."라 답했다.

오늘 너네 엄마가 회 사 주신다잖아. 회 먹는 얘기를 써.
나는 새엄마 말고 우리 엄마 얘기를 쓰고 싶어.
그러니까, 새엄마가 사 주는 회를 먹으며 엄마를 생각하는 시를 쓰라고.

오늘 안에서 너무 많은 모양이 만화경처럼 겹쳐지기 시

작했다. 나는 춘천으로 가는 길 위에서 아내가 던져 준 화두를 시로 쓰다가 결국 완성하지 못하고 지웠다.

듣고 싶은 말

말이 그때는 있었나 보다
말 없인 먼 데까지 갈 수 없던 때였잖아
말은 그때 훨씬 많았다

어딜 가든 먼저 마주치던 말이었고
저잣거리에서 서로 어깨 부딪히던 말이었고
바람 불면 먼 숲에서 흔들리는 나무보다
더 많이 흔들리던 말이었다

그러던 어느 날 말이 사라졌다
말갈기 한 올 보이지 않았다
말 스스로 기계 속으로 들어갔다는 말이 있었고
말을 기계가 삼켰다는 말이 있었고
말이 기계로 진화했다는 말이 있었다

이유야 어떻든 말은 사라졌고
기계가 말을 대신하게 되었다
지금 내 말도 기계가 대신하고 있다
이제 신기하지도 않잖아

말은 지금도 어딘가에 있다고 했다
말을 가지려면 희귀해진 만큼
큰 값을 치러야 한다고 했다
있는 자들이 말의 고삐를 틀어쥐고 놓지 않아
없는 자들은 말을 볼 수도 말을 가질 수도 없다고 했다

말이 추억이 되고 무용담이 되고 전설이 되고
신화가 되어 사람의 기억 속에서 모두 날조될 때까지
그리하여 단 한마디 진정한 말도 살아남지 못할 때까지
듣고 싶은 말은
들을 수 없다고 했다

가늠자

새벽이 오면
놈들이 몰려올 거라 했다
놈들이 오기 전까지
우리를 공중에 매달아 놓은 철제 계단이라도
끊어 놓아야 하는 게 아닌가 싶었지만
총자루 고쳐 잡은 누나는
그저 아무도 없는 듯
불을 끄고 납작 엎드린 채로
놈들을 기다리자 했다

어제는 멀리서
기관단총 갈겨 대는 소리가
국지성 호우처럼 군데군데 쏟아졌다
누가 누구를 겨냥하고 있는지 알 수 없었지만
그 소리가 우리 쪽으로 점점
가까워지고 있다는 건 분명했다
나는 싸우고 싶지 않았고 도망치고 싶지도 않았다
몰려왔을 때 비로소 드러날 놈들의 정체가
궁금할 뿐이었다

새벽에 가까워질수록 우리도
놈들에 가까워지고 있었지만
놈들은 나타날 생각을 안 했다
밤이 깊어 갈수록 나는 내가
놈들을 보고 싶어 하는 게 아닌가 싶었다
안인지 밖인지 알 수 없는 경계에서
불을 끄고 납작 엎드린 채
좁은 가늠자 사이로 놈들을 겨냥하고 있는
누나의 반짝이는 눈망울과 마주쳤을 때 나는 잠시
놈들이 저런 눈빛을 하고 있지 않을까 생각했다

눈동자

지금 난 너의 눈동자를 보고 있단다
지금 넌 나의 눈동자를 보고 있지 않지만
난 너의 눈동자를 보고 있단다

고여 흐르지 못하는 저수 위로도
5월의 훈풍은 지나간단다
나의 눈동자를 보고 있지 않은 너의 눈동자는
깊숙이 기억을 숨긴 물결의 표정처럼
미풍에 흔들리고 있단다

연약한 바람에 담수가 흔들리는 건
연약한 바람은 멈추지 않기 때문이란다
너의 어두운 저수는 결국
5월의 훈풍에도 대류할 것이란다

지금 난 흐리멍덩한 너의 눈동자를 보고 있단다
지금 넌 나의 눈동자가 존재한다는 사실 자체를 모르
고 있지만
난 너의 눈동자를 한순간도 놓치지 않고

보고 있단다

나만 너의 눈동자를 보고 있는 것이 아니기 때문이란다
지금 나만 너의 눈동자를 보고 있는 게 아니란 걸
너만 모르고 있기 때문이란다
계속 모르고 있기 때문이란다

텐션

우리 엄마 죽은 나이가 50이다

역병으로 사람 하나 없는 한강 둔치에 누워
상철은 늙은 잔디처럼 말했다

오래 사셨구나

비 온 뒤 구름 한 점 없는 하늘을 정면으로 바라보며
누운
혁은 응달쪽 덜 녹은 눈덩이처럼 말했다

우리 엄마 나이는 거기에 멈춰 버렸다

상철은 나직하게 불어오는 늦겨울 삭풍같이
느리게 몸을 돌리며 말했다

너희 엄마는 더 이상 늙지 않는구나

혁은 여전히 하늘을 곧게 노려보며

잎을 다 떨어뜨린 고목 같은 자세로 말했다

내가 엄마보다 늙을 날이 얼마 남지 않았다

상철은 모로 누워 혁의 콧잔등 너머로 유유히 흐르는
강의 하류를 내려다보며 말했다

우리 아버지는 그사이 중늙은이가 되었지

혁은 여전히 바르게 누운 채로 고개만 돌려
강의 하류를 넘겨다보며 말했다

너희 아버지와 우리 엄마 중에 누가 더 슬픈 건지 모르
겠구나

상철은 강의 하류를 느리게 건너는
대교 위 낡은 트럭을 쳐다보며 말했다

우리 누나는 서른이 되기도 전에 죽었다

혁은 대교 위를 건너는 낡은 트럭이
아버지의 트럭과 닮았다고 생각하며 말했다

너희 아버지가 우리 엄마보다 슬플지도 모르겠구나

그들은 대교의 건너편으로 발갛게 넘어가는 해를
동시에 응시했다

상철의 엄마와 혁의 누나의 멈춘 나이를 합친 것보다
자신들의 나이가 많아졌단 사실을 그들은 알고 있었지만
누구도 그것을 입 밖으로 꺼내지 않았다

김녕, 바다

은영은 바다의 색이 아름답지 않느냐고
애인에게 묻고 싶었지만
그것이 왜 아름다운 것인지를 생각하기 위해 묻지 않
았다

은영은 바다의 색이 에메랄드처럼 곱고 깊은 푸른빛이
어서
아름답지 않느냐고 애인에게 묻고 싶었지만
에메랄드가 아름다워서 바다가 아름다운 건지
에메랄드빛이 아름다워서 바다가 아름다운 건지
고민하기 위해 묻지 않았다

은영은 다른 곳에서 쉬이 볼 수 없는 빛깔을 지닌
게다가 너무도 청명한 하늘빛을 품은 바다의 색이
아름답지 않느냐고 애인에게 묻고 싶었지만
방파제 위에 조그맣게 앉아 있는 애인이 고요히
먼바다만 바라보고 있어 은영은 묻지 않았다

바다와 하늘 사이에 놓인 낡은 방파제 위에

함께 앉아 있는 시간, 어쩌면 아름다운 것은
이 시간이 아닐까 은영은 생각했고
은영과 애인은 그 시간 동안 아무런 말을 하지 않았다

장마

섬광이 일자
일제히 개들이 짖기 시작했다
작은 개들의 소리는 집 안에 갇혀 있어 나는
어렴풋한 그 소리들이 자못 따스하기까지 하다고
생각했다

생각이 생각으로 머무는 순간
모든 소리를 뒤덮는 뇌성

천둥소리는 느긋했다
천천히 사라지는 소리 안에서
어떤 소리는 새로 태어나고 있었다
며칠 전부터 어미를 잃은 새끼 고양이 한 마리가
자취방 담벼락에 숨어 울기 시작했었다
나는 그 소리가 어린 인간의 울음소리와 닮아 있어
처량하다 못해 징그럽다고
생각했다

천둥이 몇 차례 지나가도록

자취방 구석에 폐렴처럼 서 있는 냉장고에선
모터 돌아가는 소리가 멈추질 않았다
오래된 갓김치 썩은 냄새는
흐린 형광등 불빛이 닿지도 않는 곳에 놓여 있다가
냉장고 문을 열 때마다 좁은 내 자취방을
부유하다 사라졌다
새어머니가 보내 준 갓김치가
검질긴 장맛비처럼 냄새로만
오래도록 냄새로만 부유하다 사라졌다

꿈이 되는 꿈

오랜 꿈에서 깨어났지만 아직 도로 위였어요

나는 고속도로를 달리는 버스 안에 갇혀
꿈을 꾸었던 것 같아요

나는 엄마의 무덤으로 가기 위해
버스에 오른 것이었는데
버스는 이미 엄마의 무덤을 지나쳐 버린 후였죠

모두 예정된 일이었어요

새로 만든 고속도로를 타고 자주
터널 안으로 들어가서 버스는
밤보다 더 깊은 밤에 갇히는 것 같았어요

그때 생각했죠
밤보다 깊은 밤은 밤보다 환할지도 모르겠다고

생각이 밤의 조명처럼 빠르게 지나갈 때마다

버스는 도로를 벗어나려는 듯
몸부림을 쳤어요 그럴수록 도로는 더 거대하게
구불거리는 듯했죠

나는 도로에 갇힌 버스에 갇혀
꿈을 꾸다 깼던 것 같아요

모두 예정된 일이었죠

내 안에 갇힌 꿈은 나를 벗어나려는 듯
내가 뒤척일 때마다 꿈틀거렸지만

밤이 몹시 흔들리며 지나가는
검은 차창의 반대편으로 내가
튕겨 나가지 않는다면 그리하여 도로의 바깥으로
멈추지 않는 속력의 바깥으로
도무지 끊기지 않을 것 같은 실선의 바깥으로
떠밀려 나가지 않는다면
꿈은 나를 빠져나가지 못할 거란 생각이

반대 차선에서 느리게 다가오다가
순식간 사라진 덤프트럭의 전조등같이
지나가 버렸어요

모두 예정된 일이었죠

내 꿈은 버스 기사였습니다
꿈이 꼭 꿈이라고 생각하지 말아요
난 이미 꿈을 이루었으니까
난 이미 꿈을 꾸었으니까

버스에 갇혀 버스 기사의 꿈을 이룬 나는
충돌을 꿈꾸었던 것 같아요
충돌의 순간 꿈을 이룬 꿈에서
깨어나는 꿈을 꿀지도 모를 일이었죠

그래요
모두 예정된 일이었습니다

꿈을 꾸는 꿈이라면 모를까
꿈이 되는 꿈이라니요

2부

장마

수업이 끝나기 전부터 비가 내렸다
수업이 끝나기 전부터 창밖이 보이지 않도록
비가 내렸다 비가 내려서
우리는 비를 보았다
수업이 끝나지 않았는데도
우리는 수업을 듣지 않고 비를 보았다
선생님도 비를 보았으므로
수업은 이미 끝나 버린 듯했다

종이 울릴 때까지 비가 내렸다
종이 울려도 비는 멈추지 않았다
학교가 끝났지만 나는 학교 안에 갇혀
쏟아지는 비를 바라보았다
비는 운동장 안으로도 쏟아지고 있었다
몇은 우산 없이 운동장으로 뛰어들었고
몇은 끼리끼리 몸을 합쳐 우산 속으로 들어간 채로
운동장으로 잠잠히 걸어 들어갔다

나는 쏟아지는 빗속에 갇힌 학교에 갇혀

비를 바라만 보았다
뛰거나 걷거나 뒤서거나 앞서거나
누군가가 지나간 자리 위로는
어김없이 웅덩이가 하나씩 생겨났다
조그만 웅덩이 안에서는 물결이
잠깐 동안 일렁이다 사라졌다
나는 빗속에 갇힌 운동장을 바라보다가
운동장에 갇힌 웅덩이들을 바라보았다
물결치는 웅덩이들 사이로
익숙한 발자국 하나가 걸어가고 있었다
누나였다

누나도 멀찍이서 학교에 갇힌 나를 보았는지
누나가 만든 물결은 머뭇거리다가
느리게 사라졌다
나는 누나를 부르지 않았다
모두가 빗속에 갇혀 있었으므로
누나도 나를 부르지 않았다
긴 장마의 바깥으로 누군가가 빠져나갈 때까지

비는 그치지 않을 것만 같았다

기록적 겨울

외투로부터 오는 겨울을 감응하지 못한 채 하루가 지나
갔다고
적는다

어제는 기록적인 혹한의 날씨였고
오늘은 어제보다 기온이 오를 거란 예보

예보가 올라온 때가 하루의 경계일지 모른다고도
적는다

오늘 입은 옷이 내일 사라질 리 없다

그러나 오늘의 외투가 오늘의 장롱 속으로 들어간다면
그리하여 오늘의 외투가 내일의 장롱 속에서 꺼내어진
다면

오늘 입은 옷이 내일 사라질 수 있다고
적는다

모든 경계는 기록으로부터 만들어진다고도
적는다

겨울을 기록하면 겨울을 기록한 자는 겨울에 갇힌다고
적는다

이미 겨울은 다 갔고
겨울에 겨울을 기록한 나는
겨울에 남아 돌아오지 못했다

종

우는 종을 생각하고 있었다
울지 않는 종은 종이 아닐 거라 생각하고 있었다
종종 우는 종은 종종 종이 되는 것이라 생각하고 있었다

종종 울리는 종은 종종 학교 종이 되었다가 교회 종이
되기도 하였다가

어떤 낮 텅 빈 아파트 단지 안에서 드문드문 울리는 고
물상 주인의 목청과 섞이었다가도
어느 밤 낮게 깔리어 퍼지는 찹쌀떡 수레의 녹슨 바큇
살에 감겨 엉키었다가도

종국에는 종종거리며 제집으로 돌아와
몸에 남아 있는 여린 울음 그칠 때까지 고요히 숨 참고
있는
그런 종을 생각하고 있었다

그렇게 울고 있는 종을 생각하고 있었다
자신의 몸을 때린 타인의 힘으로

종은 살아가고 있는 거라 생각하고 있었다

아무도 나를 건드리지 않은 날들이
종종 지나가고 있었다

아무쪼록

빨간불이 들어오자
사람들은 길을 건너기 시작했다
내 눈에는 빨간불만 들어왔고
사람들 눈에는 빨간불이 안 보이는 것 같았다

차와 차들이 내뿜는 매연과
사람과 사람들이 도무지 뿜어낼 수 없을 것 같은
탄식이랄지 혹은 봄기운, 춘곤증, 아님 노란 하늘
그것만으로도 빼곡한 출근길 대로 한가운데서
나는 간절하게 빨간불을 쳐다보았고
사람들 눈에는 충혈된 내 눈이 안 보이는 것 같았다

아무쪼록 어서 파란불이 들어오길 나는 기도했지만
기도한 만큼 사람들은 느긋해지고 있었다
나는 신호등만 바라보았고
사람들 눈에는 내가 안 보이는 것 같았다

신호가 바뀌어도 차들은 움직이지 않았고
내 눈에는 다시 파란불만 들어오기 시작했다

거대한 침묵이 지나간 자리로

다른 침묵이 빠르게 고이고 있는 것 같았다

모쪼록

거대한 침묵이 지나간 자리로
다른 침묵이 빠르게 고이고 있는 것 같았지만
침묵은 네가 닫은 차창 안쪽에만 있는 거란다
네가 앉은 인조가죽 시트와
시트를 받치고 있는 낡은 댐퍼
댐퍼의 녹슨 용수철이 가끔씩
거기 침묵이 있다고 알려 주는 곳
그곳으로 세계의 모든 침묵이 몰려들고 있단다
모쪼록 시간이 흐르면
네가 앉아 있을 자리에 네가 앉아 있으리라는 기대로
너는 침묵을 견디는 것이란다 그러므로
지금 네가 앉아 있는 자리는 너의 자리가 아니란다
그러므로 시간이 흐르면 주어질 너의 자리도
너의 자리가 아니란다
끝끝내 어느 곳도 너의 자리가 아니란다

연착
─ 이발로 공항

떠나기 위해 기다렸다
활주로에 반듯하게 쌓인 눈이 사라지기 전까지
기다리는 것은 오지 않을 것 같았다
유리벽 너머로 해는 떠오르지 않았다
짧게 지나가는 한낮의 여명 안에서
가랑눈들만 선명하게
선명하게 흩날리며
먼지처럼 활주로 위로 내려앉았다

떠나기 위해 기다렸지만
눈은 계속 눈으로 내렸다
그것들은 바닥에 닿은 뒤에도 사라지지 않았다
저기로 비행기가 착륙할 수 있을까
우리는 멈춰 버린 광경을 바라보며
광경 안에 멈춰 있었다
천천히 내리는 가랑눈들 사이로
안내 방송이 가끔 차갑게 울렸다

떠나기 위해 기다렸지만

우리가 기다리는 비행기는
아무래도 오지 않을 것 같았다
사람들은 졸거나 속삭이거나
아무것도 하지 않았다
우리는 움직이지 못하고
지나가 버린 시계의 분침과
멈춰 버린 유리벽 너머를 번갈아 바라보고 있었다

우리는 떠나고 싶었지만
떠나지 못하고
풍경처럼 거기에 앉아 있었다
멈춰 있는 여명 너머로는
멀리 새의 그림자 같은 것들도 보이지 않았다

연착

— 반타 공항

아무도 우리를 기다리지 않았다 우리는 우리가 잘못한 것이 없다는 걸 알면서도 죄지은 사람처럼 사람들의 눈치를 살피며 출입문 가장자리를 차지하고 서 있었다 아무도 우리를 기다리지 않았지만 우리는 문이 열리기를 기다리고 있었다 시간이 지나지 않았지만 시간은 빠르게 직진하고 있었고 우리는 직진하는 시간 위에 서서 문이 열리기를 기다리고 있었다 간절한 건 우리뿐이었다 우리가 문이 열리기를 기다릴 때 환승 시간은 지나지 않았지만 티케팅을 마친 저가항공사 카운터 직원은 이미 집으로 돌아간 뒤였다 우리는 잘못한 게 없었지만 아무도 우리를 기다리지 않았다 잘못하지 않은 우리만 문이 열리기를 기다리고 있을 뿐이었다

하나개

우리는 난간을 걸었다
바다 위로 설치된 높은 난간 위를 걸었다
생각보다 멀리까지 놓인 난간에 놀라며 우리는 계속
난간 위를 걸었다

우리가 난간을 걷는 동안
우리의 오른쪽으로 발갛게 해가 지고 있었고
왼쪽으로 이어진 기암절벽으로
우리의 그림자가 드리워졌다가는
이내 사라지곤 했다

형은 우리가 해 질 녘의 난간 위를 걷는 것이
옳은 일인가를 궁금해했지만
형은 그것을 나에게 묻지 않았다

바람은 우리의 오른편으로부터 불고 있고
밀물도 우리의 오른쪽으로부터 쉬지 않고 몰려올 뿐이
었다

〉 멀리까지 놓인 나무 난간의 끝에 다다른 우리는
그곳에 아무렇게나 놓인 돌멩이를 하나씩 챙겨 주머니
에 넣고는
왔던 길을 되돌아 걷기 시작했다
우리가 이렇게까지 멀리 걸어온 것에 놀라며
우리는 다시 나무 난간 위를 걷기 시작했다

여전히 해는 우리의 왼쪽에서 지고 있었고
바람도 우리의 왼편에서 오른편으로 불고 있었으며
밀물 역시 우리의 왼쪽으로부터 몰려와 해안을 가득
메우고 있었다

변한 건 주머니에 돌을 넣고 조금 더 길어진
우리의 그림자뿐이었다

불가사리

불가사의한 일이다
내 침대 한가운데 불가사리가 놓여 있다니

아니다 나는 이 불가사리가
놓여 있는 건지 앉아 있는 건지 누워 있는 건지
자고 있는 건지 명상에 잠긴 건지 혹은
열반에 들려는 것인지 알 수 없다

아니다 나는 이 불가사리가
진짜 불가사리인지 모조 불가사리인지
복실이가 싸 놓은 똥인지 형의 변신인지
죽은 엄마의 환생인지 그것도 아니라면
250만 년 전 안드로메다은하를 출발해
빛의 속도로 날아와 어젯밤 우리 집 천장을 뚫고 들어온
작은 별똥별인지조차도 알 수가 없다

그러나 내 방 천장이며 벽이며 얇게 흔들리는
유리창마저도 뚫린 흔적은커녕 손톱만 한 티끌 하나 없다
하기는 인간이 상상할 수 없는 속도로 무언가가 지나가면

우리가 상상할 수 없는 시간의 격차로
충돌 같은 사건은 아주 더디게 일어난다는 걸 나는 안다

나는 그동안 지켜봐 왔다
티끌 하나 없는 내 방 나의 거실 우리의 집이
하루아침에 온데간데없이 사라져 버리는 것을
그런 불가사의한 불가사리는 어디로든
온데간데없이 갔다 온대

아무튼 이 불가사리가 별똥별인지 아닌지는
중요한 것이 아니다 이 불가사리가
불가사리인지 아닌지도 중요하지 않다
오한이 몰려온 어느 지독한 감기의 밤
이불 한 장에 온몸을 내어 맡긴 채 오돌오돌 떨다가
등이 배겨 들춰 본 침구류 밑에서
발갛게 타오르고 있는
불가사리를 만났다는 것
이런 우연
이런 불가사의함

따위도 그다지 중요하지 않다

중요한 것은 내일 시발 출근해야 하는데
불가사리의 불가사의로
밤잠을 설치고 있는 지금 순간
순간들

저물녘

바람이 불어오는 곳으로부터

바람이 불어왔다

나는 단 한 번도

내 쪽에서 부는 바람을 맞아 본 적이 없었다

눈썹 바위

형은 계단을 올랐다
형은 나를 데리고 계단을 올랐다
형은 계단을 오르고 싶지 않은 나를 데리고
계단을 올랐다

해넘이가 시작된 주홍빛 하늘을 등지고
형은 계단을 올랐다
형이 계단을 하나씩 밟고 올라서는 만큼
해는 빠르게 수평선 쪽으로 가라앉고 있었지만
형은 수평선을 한번 돌아보지도 않고
계단을 계속 올랐다

바다를 물결을 물비늘을 움직이는 수평선을
해넘이를 해를 해의 움직임을 시간을 경계를 공간을
텅 빈 공간의 소리를 허공과 공허의 구분을 간간이
돌아다보는 건 나뿐이었다

형은 계단을 올랐다
형은 제 등짝이 붉게 타오르고 있다는 사실도 모른 채

계단을 올랐다
계단을 오르고 싶지 않은 나를 기어코 이끌고
형은 계단을 올랐다

계단 끝에서 또 다른 계단이 시작된다는 걸
형은 모르고 있는 것 같았다

저물 무렵

모처럼 사냥을 나갔다
우거진 숲
굵은 나무줄기 사이로
새들이 날아다녔다
내가 겨냥해야 할 것은
새들이 아니었다
나는 새를 새로 두고
숲속을 헤쳐 나갔다
가도 가도 숲은
숲으로 이어졌다
숲속 깊숙이 들어가도
내가 찾던 고라니나 삵
늑대와 여우
토끼와 호랑이는
보이지 않았다
어쩌면 당연한 일이었다
더 이상 그들은 숲속에서
살고 있지 않았기 때문이었다
더 이상 그들은 숲속에서

살고 있지 않다는 걸 알면서도
나는 숲속으로 들어갔다
숲속으로 끝이 없는 길이
한 줄기 놓여 있었다
나는 한 줄기 길을 따라
숲속으로 들어갔다
뒤돌아보지도 않고
뒤돌아서지도 않고
나는 그 길을 따라
숲속으로 들어갔다
들어가다 보니 어느덧
숲의 가장자리까지 와 있었다
계속 숲속을 걷다 보니
어느 순간 내가 원하는 건
숲 말고는 없었다
숲이 계속 숲이길 바라며
나는 계속 걸었다
나는 숲속으로 들어가길
바랄 뿐이었다

숲속으로 들어가길 바라며
나는 계속 걷고 있었다
계속 걷다가 나는
나도 모르는 사이에
숲의 바깥을 향하고 있었고
그것을 깨달았을 때 나는
이미 숲을 벗어나고 있었다
한 자루 엽총도 잃어버린 채
나는 이미
숲을 벗어나고 있었다

3부

자애로운 자애의 꿈

자애는 이를 닦는 동안 샤워기의 물을 틀어 놓았다
찬물을 머리에 갖다 댔다가 잠이 달아날까 봐
꿈이 달아나 버릴까 봐

자애는 어젯밤 꾸었던 꿈을 놓치고 싶지 않았다
이사를 하는 꿈이었는데
새 아파트였고 역세권이었고
심지어 처음 보는 서울 한복판 부자 동네였고

자애는 현관에 디지털 도어록을 달아야 하지 않겠느냐고
꿈의 배우자에게 물어봤다가 바보 취급을 당했지
새 아파트에는 이미 최신형 도어록이 달려 있었으니까

꿈의 배우자 꿈만 같은 배우자

바보가 되어도 좋은 꿈이었다
자애는 꿈의 배우자에게 비밀번호를 물어보았어
0-5-8-4 배우자가 답했지

> 자애는 자신의 새 아파트 현관문을 닫고
비밀번호를 눌러 보았네
0-5-8-4
그러나 반짝이는 도어록은 미동도 하지 않았어

0584 0584를 자애는 계속해서 누르고 싶었지만 어느새
도어록도 사라지고 현관도 사라지고 새 아파트도 사라
지고
꿈의 배우자도 사라지고 꿈도 사라졌네

머리에 샤워기를 갖다 댄 순간 자애는 알게 되었지
별을 누르지 않았다는 사실을
자애는 꿈으로 돌아가고 싶었지만 돌아갈 수 없었다

질투는 나의

0
누가 누구의 시를 쓰고 있는가

1
신입생이던 그는
2학년이 되기 전에 죽었다
그가 나보다 먼저 불치병에 걸린 것과
나보다 일찍 죽은 것을 나는 질투했다
그는 시인처럼은 아니지만 죽었고
나는 죽지는 않았지만 시인처럼 살고 있다

2
신입생 환영회가 끝난 봄날이었다
문리대 현관 오래된 유리문이 쉴 새 없이
열리거나 닫히는 봄날이었다
그때마다 소리들이 밖으로 빠져나갔다가
다시 유리문 사이를 비집고 들어와
왁자지껄 갇히길 반복하는 봄날이었다
선배들은 하나같이 입에 담배를 물고

단과대 복도를 온종일 활보하며
선배 노릇을 해야 하는 계절이었다
신입생의 실내 흡연은 금지돼 있었지만
신입생 환영회가 끝난 다음 날부터
문리대 오래된 유리문 안쪽에 서서
동기 애 하나가 담배를 피우기 시작했다
선배들은 분주했다
동기 애는 희뿌연 문리대 유리문 안쪽 복도에 서서
분명 담배를 피웠지만
누구도 그 애를 질타하지 않았다
한 손에 색 바랜 시집 한 권을 들고 그 애는
다음 날에도 다다음 날에도
그곳에 서서 담배를 피웠다
그 애는 신입생 환영회에서
시인처럼 죽고 싶다는 포부를 밝혔었다
나는 그 애가 싫었다
시인처럼 죽고 싶다고 생각한 게 내가 아니어서
기형도를 먼저 읽은 게 내가 아니어서
그리하여 문리대 그 낡은 유리문 안쪽에 서서

담배에 불을 붙인 신입생이 내가 아니어서
나는 그 애가 싫었다 싫었지만
아무에게도 말할 수 없었다

늦은 뒤

형은
집 근처 대로변에 새로 들어선
간판집 쪽간판에 쓰인 글자들을
물고 들어와
내 앞에 함부로 뱉어 놓았다

주차장 문의

나는
들은 체도 안 하고
돌아누운 채로
리모컨을 만지작거리기 시작했지만
이미 늦은 뒤였다

나는
내 손가락이
리모컨에 가 닿기도 전에
주차장의 무늬를 생각하고 있었던 것이다
주차장의 규모와 노면의 재질과

주차 라인의 희거나 노란 색감 같은 것들

이내 나의 불찰을 깨닫고
리모컨 버튼을 눌러 보았지만
나는 채널이 넘어가기도 전에
주차장 문의 방식에 대해 상상하고 있었던 것이다
주차권을 뽑으면 올라가는
철제 차단봉이나
번호판을 인식하면 포개어지는
접이식 플라스틱 막대 같은 것들

이미 늦은 뒤였다

주차장이 없는 내 옆에
주차장이 필요 없는 형은
모로 누워 있었다
형은
자기가 뱉은 말을 잊은 지 오래인 것 같았다

전화가 울리기 시작했다

전화가 울리기 시작했으나

허연 이불이 아무렇게나 나뒹구는 침대 위에

아무렇지도 않게 엎드려 있던 형은

전화를 받지 않았다

전화가 울리기 시작했으나

한눈으로 누구의 전화인가를 확인한 형은

더 이상 전화가 울리지 않도록

버튼 한 번 누르고는

전화를 받지 않았다

전화가 왔으나

전화를 받지 않은 형은

전화를 손에서 놓지 않았다

전화가 끊어진 전화를 붙들고

전화를 기다리는 사람처럼 형은

받지도 않을 전화를

손에서 놓지 않았다

사춤

달구어진 불판 위에서
지글거리는 삼겹살은
7인분째였다
경준은 너와 나란히 앉아
아버지가 굽는 살점들을
가만히 지켜볼 뿐이었다
경준은 군말이 없었지만
정성을 다해 그것들을 해치우는 것이
자신이 할 수 있는 최선의 일이라는 걸
알고 있었다
묵묵히 고기 뒤집을 순간을 기다리고 있는 아버지는
젓가락을 놓은 지 오래였다
구름 한 점 없는 8월의 대기는
당최 식을 줄 모르는 숯불과 섞이어
너희의 온몸을 적시고 있었고
달구어진 불판 위에서는
종이컵으로 기름이 자주 흘러내리고 있었다
기름방울이 종이컵으로 떨어질 때마다
땀에 젖은 열꽃은 반짝

경준의 얼굴에 달라붙었다가 사라졌다
너는 경준을 위해
젓가락을 놓지 않았다 그러나
먹는 시늉뿐이었다
경준은 배가 찢어질 지경이었지만
불판 위에서 끊임없이 구워지고 있는 고기를
마다할 수 없었다
경준이 너와 함께 네 어미의 무덤을
처음 벌초한 날이었다

발원

그해 여름
계절이 어디에서 흘러오는지
아는 사람들에게만
장맛비는 퍼부었고
태풍은 몰아쳤다

9월과 함께 상륙하리라던 태풍은
예보와 다르게
먼바다에서 소멸하고 말았지
기다리던 것들이 돌아오지 않아도
9월은 오더구나

계절이 어디로 흘러가는지
아는 사람들은
한껏 불은 불광천에 모여
다음 계절을 이야기했다

거기의 온도를 상상하다가
겨울이 지나기도 했고

거기의 습도를 상상하다가
또 다른 여름이
다시 지나가기도 했다

북숲 이야기

북숲에 대한 이야기를 내가 처음 들은 건
돌아가신 할머니에게서였다

북숲은 언제나 겨울이었고
잎을 모두 떨군 앙상한 나무들만 겨울 속에서
흐린 하늘을 향해 가지를 뻗고 있다고 했다

북숲에 대해 나에게 처음 이야기한 사람은
돌아가신 할머니였지만
그 이야기를 나에게 처음 전한 건 어머니였다

돌아가신 할머니가 돌아가시기 전
어린 나에게 북숲의 옛이야기를 들려주었다고
어머니가 나에게 말했다

기억나지 않는 시절에 나는
북숲에 대한 이야기를 들었지만
그것은 어떤 형체도 소리도 없었다

어머니의 기억으로 할머니의 북숲 이야기가
전달되었을 때 나는
북숲의 이야기를 처음 들은 사람이 되었다

언제나 겨울인 북숲의 이야기를
처음으로 나에게 이야기한 사람은 누굴까
어머니일까 할머니일까

북숲은 형체도 소리도 없었다
북숲이 어디에 있는지도 알 수 없었다
나는 그곳에 가 본 적도 가 볼 생각도 없었다

북숲의 이야기를 나에게 한 사람은 누굴까
어머니의 생각을 묻고 싶지만
이제 어머니도 없다

비교적 슬픔

어제는 비교적 따뜻했다고
비교적 해맑던 형이
비교적 투박한 투로 말했다

비교적 따뜻한 어제와
비교적 싸늘한 오늘이
비교적 일찍 만나는 경계에 서서

비교적 슬픈 나를 보듬어 주지도 않고
형은 비교적 어른스러운 손짓으로
호주머니에서 라이터를 꺼내
나에게 내밀었다

형의 라이터는 비교적 오래돼 보였지만
타오르는 불빛은 비교적 환해서
비교적 굴곡진 형의 이마와
비교적 깊게 팬 형의 팔자 주름을
비교적 선명하게 비추었다

그제 비교된 어제의 따뜻함이
어제 비교된 오늘의 싸늘함에
밀려나고 있는 밤이었다

언제나 겨울

사무실은 고요했다

숨소리도 들리지 않았다

나는 옷을 갖춰 입고

입구로 가는 길에

온풍기의 전원 버튼을 눌렀다

먼 구석에서 볼멘소리가 들렸고

나는 다시 온풍기의 전원 버튼을 누르고

입구의 철문을 밀어 열었다

자정은 이미 지나

겨울의 중심으로

> 빠르게 빨려 들어가고 있었다

챌린지

버튼을 누르자
죽은 형이 살아 돌아왔다

버튼을 누르자
형이 죽은 곳으로 형을 불러내어
형을 거기에 형으로 세워 뒀다

버튼을 누르자
로딩

버튼을 누르고
형이 그곳에 있다는 걸 확인한 뒤
버튼을 눌러
형을 껐다

살아 돌아온 형이
사라지자
형이 다시는 돌아오지 못하도록
나는 앱을 지워 없앴다

전망

오늘은 어제보다 추웠고
내일은 오늘보다 따뜻할
전망이라 했다

외투로부터 오는 겨울을
감응하지 못한 채
하루가 지나갔다

계절이 흐르는 동안 겨울은
나의 방구석에 보관돼 있다는 걸
장롱 문을 열며 알게 된 날이 있었다

어제와 오늘과 내일의 어디에선가
가을이 겨울로 넘어갔다는 소식은
들려오지 않았다

4부

너는 나에게 나는 나에게

원하는 것들이 있었다
도야는 배우자에게
배우자는 도야에게

여름이 지나면 해야 할 것들
가을이 오기 전에 마련할 것들

도야와 그의 배우자는
여름과 가을 사이에서
찾으려 했지

이를테면 장롱 아래 깊은 어둠으로 들어간
동전 몇 개, 그 동전 몇 개가 서로 부딪치는 소리,
그 소리 위로 소리 없이 쌓이는 몇 톨의 먼지,
먼지와 먼지 사이의 간극,
그 간극에서 부는 바람 같은 것

도야와 그의 배우자가 원하는
여름과 가을 사이에는

무언가가 놓여 있어야 했지만
여름이 빠져나간 자리를 채우는 것은
거센 바람뿐이었다

그렇게 여름이 가고 있었고
가을은 오지 않았다

코틸라드에게

친애하는 Cotillard에게

코틸라드! 나는 얼굴도 모르는 사람에게 친애한다고 말하는 게 이상할 수도 있겠다는 생각을 지금 하고 있어 그러나 나는 수업 시간에 외국인에게 쓰는 편지는 친애로 시작해야 한다고 배워서 어쩔 수 없이 이대로 편지를 부치게 될 것 같아 나의 영어 선생님은 좋은 분이야 다른 선생님들처럼 감정적으로 학생을 대하지 않고, 어떤 일이 생기든 우리 반 학생 전체를 공평하게 때리시거든 그분이 나쁜 감정으로 그런 말을 가르쳐 주었을 리 없으니, 내가 너를 친애한다는 것에도 절대 나쁜 뜻이 없다는 걸 네가 알아줬으면 해

지금은 방학이라 잠시 시골에 있는 고모 댁에 와 있어 사실 말이 방학이지 이번 주말이 지나면 나는 다시 학교에 가야 해 우리에겐 보충수업이란 게 있거든 보충수업이 방학 때만 있는 건 아니야 그것은 학기 중에도 지속되지 야간 자율 학습이라는 이름으로 말이야 나는 학교에서 집까지 시내버스를 타고 가야 하는데, 야간 자율 학습은

주로 버스가 끊길 시간이 되어서야 끝나 그래서 나는 내 친구들과 집 근처 독서실 승합차를 타고 집에 가 물론 독서실 이용은 안 하지만 택시비보다 독서실 이용비가 적게 드니까 우리는 나름 현명한 선택을 한 거지

코틸라드! 사실 만나 보지도 못한 너에게 이런 말을 해도 될지 모르겠지만 오히려 만나 본 적 없으니 편한 마음으로 이야기해 볼게 몇 달 전에 나에게는 좋아하는 사람이 생겼어 그런데 이걸 난 아무에게도 말하지 못했지 그녀는 나와 사는 방식이 전혀 다른 사람이거든 그녀는 나 같은 학생도 아니고 그렇다고 학생이 되고자 하는 사람도 아니야 나는 그녀를 미용실에서 처음 만났어 그녀는 시내 가장 큰 미용실의 수많은 미용사 중의 한 명이고 나보다 네 살이나 많아 무엇보다 그녀는 대학을 나오지 않았기 때문에 나의 부모나 선생들은 보나마나 내가 그녀를 만나는 것에 대해 반대할 거야 이 얘기가 선생의 귀에 들어가면 자연스레 부모의 귀에도 들어갈 것이기 때문에 나는 학교 친구들에게도 그녀에 대해 말하지 않았어

> 그런데 코틸라드, 내 고민의 핵심은 이거야 몇 주 전 그
녀가 나에게 삐삐를 선물해 줬거든 물론 나는 이 선물이
아주 고맙고 마음에 들지만 선물을 받고 났더니 어느 순간
내가 삐삐 때문에 그녀를 만나고 있는 건 아닌가 하는 생
각이 들더라 그리고 이제는 아예 내가 사랑하는 게 그녀인
지 삐삐인지 아님 삐삐 요금으로 나가는 그녀의 돈인지 헷
갈리기 시작했어 선물을 받기 전에 내가 사랑한 건 분명
그녀였거든 아니 이것도 헷갈리네 그때 내가 사랑한 게 그
녀의 영혼인지 그녀의 육체인지 모르겠다 내가 만나는 사
람은 하나인데 내가 사랑하는 것들은 너무 많다는 생각이
날 어지럽히는 요즘이야 내가 사랑하는 건 뭘까 내가 사랑
해야 하는 건 무엇일까 코틸라드, 대답해 주겠어?

멀리 있는 준연으로부터

너는 나의 지어지지 않는 집 2

은영은 늙은 반려견을 가슴에 안고
정비가 되지 않아 온통 진흙밭으로 변해 버린
인도 위를 걷고 있다
은영은 노견을 품에 안고
고층 빌딩으로 뒤덮인 3호선 원흥역
2번 출구 방향으로 걷고 있다
은영은 눈이 탁해진 자신의 개를 끌어안고
원흥역 2번 출구 쪽으로 놓인
횡단보도 위를 걷고 있다
은영은 다리에 힘이 풀린 열다섯 흰둥이를 부둥켜안고
창릉 더하이브 모델하우스 앞
보도블록 위를 걷고 있다
걷던 은영이 모델하우스 입구 쪽으로 몸을 틀어
안을 들여다보자 목에 표찰을 멘 중개사 아주머니가
나긋한 목소리로 은영을 제지한다
강아지와는 함께 들어갈 수 없다
은영은 개를 그러안고
가던 길을 계속 간다
빌딩 그림자에 가려졌던 햇살이

개의 흐린 눈동자를 비추자

개는 은영의 품 안으로 제 얼굴을 조금 더 파묻는다

은영은 저 집을 둘러볼 생각이 없다

은영은 프리미엄 레벨이 다른 투자의 완성작에

투자할 자금을 생각해 본 적 없다

은영은 개를 그러안은 채 가던 길을 계속 가고

버스에서 내린 사람 여럿이 은영보다 앞서

원흥역 2번 출구를 통해 지하로 내려가고 있다

페달이 돌아간다 2

단지 옆 수변 공원으론 새 한 마리 울고 있지 않은
어둑한 겨울이었습니다
공원을 따라 반듯하게 포장된 자전거도로 옆으로
아파트 단지의 창들은 빠짐없이 빛나고 있었습니다
장갑도 끼지 않은 형은 움켜쥔 주먹들을
연신 퍼런 입술로 번갈아 가며 불어 대면서도
페달 밟기를 멈추지 않았습니다
자전거를 새로 산 기념으로 머리를 새로 한 형은
미용실에서 나와 동네를 크게 한 바퀴 돌고 있었습니다
형이 힘주어 페달을 밟을 때마다
배경은 빠르게 형을 지나쳐 갔습니다
가도 가도 형과 형의 자전거를 둘러싼 배경은
반듯한 아파트 불빛이었습니다
반복되는 배경 속에서
끝없이 이어지는 아파트 불빛을 바라보며
자신이 제자리에 멈춰 있는 건 아닐까
형은 생각하며 페달질을 잠시 멈추어 보았지만
자전거는 멈추지 않았습니다
형은 멈추었지만

배경은 형과 형의 새로 산 자전거를

멈추지 않고 지나쳤습니다

형이 동네에서 배달 노동을 하겠다며

자전거를 사 온 하루가 빠르게 지나가고 있었습니다

김녕, 바다, 노을

은영은 노를 젓고 있었다

은영은 패들보드에 앉아 노를 젓고 있었다

은영은 하늘빛 패들보드 위에 책상다리를 하고 앉아 노를 젓고 있었다

눈이 부시도록 맑은 하늘이 잔물결에 온몸으로 반사되던 오후였다

짙고 투명하고 푸른 바다 위에서 노를 젓던 은영은 한 방향으로 몰려가는 한 무리의 사람들을 보았다

무리가 가는 방향으로 고개를 돌린 은영은 어느덧 붉게 몸을 바꾸기 시작한 먼 하늘과 먼바다의 경계를 발견했다

은영은 경계를 향해 노를 젓기 시작했다 노를 저으며 은영은 잘게 부서지는 물의 표면을 응시하

기 시작했다

　　노를 저을 때마다 부서지는 것들이 은영의 눈엔
　　물의 입자로 보이다가도 빛의 입자로 보이기도 했다
　　그것들이 무엇이었든
　　자주 부서질수록 자신은 노을에 가까워지고 있단 생각에
　　은영은 이미 붉고 뜨거운 마음이었다

　　그러나 노를 저을수록 시간이 뒤로 밀려나고 있다는
사실을
　　그리하여 점점 더 짙붉어지고 있는 먼 경계로부터
　　자신이 멀어지고 있다는 사실을 은영은 알지 못했다

당신이 모르는 이야기

당신이 모르는 이야기가 있다
당신은 당신이 모르는 이야기를 발견한 뒤부터
당신이 모르는 이야기를 안다고 생각한다
얼마 지나지 않아 당신은 당신이 모르는 이야기와 마주친다 또 다른 당신이 모르는 이야기다
어? 어떻게 내가 모르는 당신이 모르는 이야기가 있을 수 있지?
당신은 당신이 모르는 이야기가 두 개 있을 수 없다고 생각한다
당신은 처음 들은 당신이 모르는 이야기만이 유일한 당신이 모르는 이야기라 여긴다
당신은 더 이상 당신이 모르는 이야기가 있어서는 안 된다고 생각한다
그러나 당신이 모르는 사이 당신이 모르는 이야기는 도처에서 태어나고 있다
당신이 모르는 이야기는 당신의 사방에 놓여 있지만
당신은 당신의 처음 그 당신이 모르는 이야기만이 진짜 당신이 모르는 이야기라 여기며 이미 당신이 모르지 않을 당신이 모르는 이야기에 귀를 닫는다

당신이 모르는 이야기는 당신이 소유할 수 없다

　당신이 모르는 이야기는 발명하는 것이 아니라 발견하는 것이기 때문이다

　나는 오직 하나뿐인 당신이 모르는 이야기에서 당신이 무사히 빠져나오기를 바라고 있다

해가 지고 있었다

해가 지고 있었다
서쪽 낮은 산등선 위에서 해가 지고 있었다
도시를 덮고 있던 종일의 대기가
멀리 누운 산등선을 포개고 엎드려
하늘을 흐리고 있었지만
그것은 오히려 해를 선명하게 만들고 있었다

뚜렷한 테두리에 갇힌 붉은빛
하루를 살고 산란하는 빛의 부스러기들 한가운데서
해가 몸을 드러내고 서 있었다
우리가 도무지 우리의 눈으로 바라볼 수 없는
빛의 근원이 고요히 몸을 드러내는 순간이었다

살면서 몇 번 대면할 수 없는
어쩌면 한 번도 마주할 수 없는
아름다운 시간이
서쪽 낮은 산등선 너머로 지고 있었다

잠시 멈추어진 빛의 속도와 진행 방향이 어긋난 도로

위에서

몇은 그 광경을 목격했지만

대부분은

빛보다 빠르게

집으로 돌아가고 있었다

해가 지고 있다

해가 지고 있었다
은영의 왼쪽으로 해가 지고 있었다

차를 몰고 집으로 돌아가던 은영은 고개를 돌려
시야의 바깥에 있는 빛의 붉은 더미를
아주 잠깐 바라보았다

처음 보는 기이한 광경이라고 생각하며
은영은 운전대를 잡은 채로
휴대폰을 꺼내 자신의 시야 왼편을 촬영했다
셔터를 한 번 누르자마자 길은 우측으로 구부러져
해는 금세 은영의 뒤편으로 사라졌다

자신의 뒤쪽에서 해가 지고 있어서
해를 볼 수 없었지만 은영은
길이 구부러지기 전에 카메라에 해를 담은 것에 안도
했다
파일이 지워지지 않는 이상
이제 은영은 오늘의 해와 평생을 함께할 것이었다

하지만 사진에는 빛의 붉은 더미 대신
빨간색 광역버스 한 대가 찍혀 있었다

버스 너머로 분명한 해가 지고 있었다
해가 지고 있었지만 지는 해를
은영은 다시 볼 수 없었다

남숲 이야기

남숲에 대한 이야기를 처음 들은 건
돌아가신 할아버지에게서다

남숲은 언제나 여름이었으나
빽빽하게 우거진 잎을 온몸에 매단
굴참나무와 상수리나무 들이
두꺼운 하늘을 향해 가지를 뻗고 있어
서늘한 바람으로만 가득 차 있는 곳이라 했다

남숲에 대한 이야기를 나에게 처음 한 사람은
돌아가신 할아버지지만
그 이야기를 나에게 처음 전한 건 아버지다

할아버지가 돌아가시기 전
어린 나에게 남숲에 대한 이야기를 들려주었다고
아버지가 나에게 말한 적 있다

내가 전해 들은
기억도 나지 않는 시간과

기억도 나지 않는 공간에 대한 이야기를
나는 알고 있었지만
그것은 소리도 형체도 없다

남숲에는 바람이 불고 있다고
아무도 없는 남숲에서는
여전히 바람이 불고 있다고 했다

아무도 없는 남숲에는 바람만 남아 있다고 했지만
죽은 할아버지나 죽은 유년의 친구
혹은 몰래 사랑한 남쪽의 이방인
그들 중 꼭 하나가 날 기다리고 있을 것 같다

그들 중 꼭 하나가
서늘한 여름의 한가운데 서서 나를 기다리다가
훗날 우연히 마주치게 된다면
나를 기다린 게 아니라고
내가 아닌 다음 계절을 기다린 것이라고
말할 것 같다

남숲은 어디일까
남숲이 있기는 할까
남숲을 생각하면
남숲이 궁금해진다

한 번도 가 본 적 없는 남숲에 대해
아버지에게 묻고 싶지만
아버지는 남숲으로 들어가 돌아오지 않는다

유년에게

나의 친절한 Junyeon에게

유년, 너를 이렇게 발음하는 게 맞는 걸까 네가 발음하는 대로 널 부르고 싶지만 우리는 만날 수 없으므로 편지 봉투에 적혀 있던 글자의 인상대로 널 발음할 거야

유년, 오늘처럼 먹구름이 시내를 뒤덮은 날엔 난 내 방에서 나가고 싶은 생각이 사라지곤 해 그러나 어쩌겠어 우리는 학교에 가야 하는 나이인 걸 오늘 같은 날엔 나는 뒤도 안 돌아보고 집으로 돌아와 방문을 걸어 잠근 채 해가 지길 기다려 해가 지면 구름도 안 보일 테니까 그래도 오늘 저녁을 기다리는 시간은 좋았어 그동안 나는 너에게 보낼 편지를 떠올렸지 편지지의 색깔과 정성 들일 글씨체를

유년, 오늘 학교에서 나는 내 친구에게 우리의 편지에 대해 이야기했어 친구는 놀라워했지 일과 후에도 학교에 가고 방학 중에도 학교에 가야 하다니 너에 비하면 나는 학생이 아닌 것 같아

> 유년, 나는 네가 지금 만나고 있는 사람과 진정으로 사랑하면 좋겠어 진정한 사랑이 뭔지 나도 알 수 없지만 그가 장미를 좋아한다면 그의 집 앞 가로등처럼 녹이 슬도록 거기에서 장미를 들고 서 있는 것 그런 게 진짜 사랑이 아닐까 발음되고 사라지는 언어보다 거기 누추하게 서 있는 네가 그에겐 더 아름다울 거야

유년, 너의 편지를 읽는 동안 생각했어 우리의 편지가 계속될 수 있을까 너는 나를 알고 있는 걸까 나는 너를 안다고 해도 되는 것일까 우리는 발음으로 존재하는 게 아니라는 걸 나는 너의 편지를 읽으며 생각했어

유년, 나는 너의 답장을 기다리지 않을 거야 다만 지구라는 곳 어딘가에서 너의 이름을 가끔씩 발음하는 사람이 있다는 걸 기억해 준다면 난 몹시 기쁠 거야 기쁨은 발음처럼 순식간에 사라질 테지만 어쩌다 한 번씩 서로의 이름이 떠오른다면 그것으로 충분히 우리는 연결된 상태일 테니

> 널 생각하는 꼬띠야르로부터

여름 안에서

별안간 닥쳐온 봄은
오지 말아야 할 곳으로 왔다

알고 있잖아
요즘 봄은 더럽게 짧다
여름은 그보다 몇 곱절 더럽게 길고
그렇게도 더러운 여름 안에서
봄은 여름이 되어 버렸네

먼지 쌓인 나무 벤치
커피와 담배
연기와 이야기
길고 긴 낙엽송의 푸른 그림자
그리고 투명한 주근깨

그래도 봄의 흔적은 거기 남아
더럽게 짧은 가을이 되어 줄 시간
짧은 가을은 겨울 안에서
우리의 무더웠던 시간을 오래도록 지우겠지만

돌아오면 다시 아무렇지도 않게
잠깐 놓여 있다가 떠나갈
뚜렷한 빛의 입자
입자들

기념일

무엇도 기억할 게 없을 때
우리는 기념일을 기다렸다

가을이 가기 전에 흩날리던 눈을
우리는 첫눈이라 불렀지만
첫눈은 우리가 서 있는 거리에
닿자마자 녹아 사라졌다

사라진 것들을
우리는 기념하기 시작했다

언젠가 우리가 죽고 없어졌을 때
우리를 기억하는 사람들이 한 상에 둘러앉아
육개장을 떠먹는 날을 상상하며 우리는
웃음도 울음도 아닌 이상한 소리를 주고받은 적도 없었다

우리는 우리가 함께 죽음을 상상한 그날을
기념하기 시작했지

그러나 우리는 기억되기보다는
기억하고 싶었다
우리가 사라지기 전에 사라진 것들을 기억할 수 있다면
기억하며 사라질 수 있다면
우리의 죽음을 기다리는 나날이
우리에겐 기념일이 될 수 있다고

기억할 게 없는 날들이
흔적도 없이 사라져 갈 때
기념일들은 켜켜이 쌓여
우리를 기념할지 모를 테니

기억의 파수꾼

소유정(문학평론가)

> 기다린다는 것의 불가능성은 본질적으로 기다림에 속한다.
> 그는 자신이 오직 기다린다는 것의 불가능성에
> 응답하기 위해서만 글을 써 왔다는 사실을 알게 되었다.
> ― 모리스 블랑쇼*

　　임경섭의 두 번째 시집 『우리는 살지도 않고 죽지도 않는다』(창비, 2018)는 먼 이국을 배경으로 한다. '나'라고 호명되는 화자의 자리에 놓이는 것 역시 나카타, 헤르베르트 그라프, 에른스트 짐머 등 각기 다른 국가에 거주하는 이들의 이름이다. 페이지를 넘길 때마다 불쑥 튀어나오는 낯선 이름에 대한 이야기에 당황스러울 법도 하지만, 사실 임경섭의 시는 그 이름들의 전사(前史)를 모두 이해할 필요는 없다. 우리에게 이방인처럼 보이는 그들은 또 다른 '나'이기 때문이다. 그들이 하는 생각이나 걱정 또는 불안,

---

* 모리스 블랑쇼 저, 박준상 역, 『기다림 망각』(그린비, 2009), 46쪽.

기도하는 마음 같은 건 어떤 이름이든 관계없이 공통적으로 감각할 수 있는 것이기에 그 이름들은 더 이상 낯설지 않다. 그렇게 임경섭의 시는 세계 지도 위 어느 한 도시를 잠결에 짚어 "잠이 든 채 다른 도시로 이동"(「라이프치히 중앙역 — 슈레버 일기」)하며 여행하듯 독자를 이끌었다.

이처럼 시적 공간을 이방에 두어 독자와의 물리적 거리를 넓히지만, 그곳에 위치한 인물이 여기의 '나'와 다르지 않음을 보여 줌으로써 마음의 거리감을 좁히는 것이 지난 시집의 일이었다면, 약 7년 만에 출간된 세 번째 시집 『종종』은 표면적으로 느껴지는 시적 공간과 화자에 대한 거리가 모두 멀지 않다. 국경을 넘나들며 바쁜 걸음을 했던 과거의 궤적과 달리 이 시집은 시적 화자 '나'의 생활감이 짙게 배어 있다. 사무실의 "볼멘소리"(「언제나 겨울」)를 뒤로 하며 떠나는 퇴근길에 대해서나 늦은 밤까지 "밤잠을 설치고 있는 지금 순간"(「불가사리」)에 대한 짜증과 함께 내일의 출근을 걱정하는 시도 있다. 약속된 가족 식사에 참석하기 위해 아내와 차를 타고 멀리 이동하는 주말의 풍경을 그린 시(「오늘이 시네」)도 빼놓을 수 없다. 이러한 시에서 '나'는 흔한 현대인의 모습이며 그렇기에 우리와도 닮은 한 사람인 것 같다. 그런데 문득 그가 낯설게 느껴지는 순간이 있다. 이때의 낯섦은 그만을 향해 있지 않다. '나' 역시도 자신이 속한 세상과 사람들에 이질감을 느끼는 중이다.

빨간불이 들어오자
사람들은 길을 건너기 시작했다
내 눈에는 빨간불만 들어왔고
사람들 눈에는 빨간불이 안 보이는 것 같았다

차와 차들이 내뿜는 매연과
사람과 사람들이 도무지 뿜어낼 수 없을 것 같은
탄식이랄지 혹은 봄기운, 춘곤증, 아님 노란 하늘
그것만으로도 빼곡한 출근길 대로 한가운데서
나는 간절하게 빨간불을 쳐다보았고
사람들 눈에는 충혈된 내 눈이 안 보이는 것 같았다

아무쪼록 어서 파란불이 들어오길 나는 기도했지만
기도한 만큼 사람들은 느긋해지고 있었다
나는 신호등만 바라보았고
사람들 눈에는 내가 안 보이는 것 같았다

—「아무쪼록」에서

분명 켜진 것은 "빨간불"인데 모두가 "길을 건너"는 기이한 풍경을 마주한 화자는 출근길 횡단보도 앞에서 사회로부터의 완전한 소외를 경험한다. 그가 간절히 "파란불"로 바뀌길 기도하는 시간 동안 자신에게만 보이는 "빨간불"은 신호를 넘어 "충혈된 내 눈"이 되었다가 종내는 '나'

자신이 된다. 사람들 눈에 보이지 않는 건 이제 "빨간불" 만이 아니라 '나'라는 전체의 감각으로 확장된 셈이다. 마침내 "파란불"로 신호가 바뀌었을 때도 상황은 다르지 않다. "다시 파란불만 들어오기 시작했다"며 자신에게만 적용되는 듯한 미시감이 강조될 때 그가 우리와 정말 같은 시간선을 공유하고 있는 건지에 대한 의심을 지울 수가 없게 되어 버린 탓이다. 임경섭의 시는 독자에게 종종 시적 화자의 존재와 그가 위치한 시공간에 의문을 품게 만든다. 이러한 낯선 순간이 발생할 수 있는 건 화자의 기본적인 속성 때문이기도 하다. '나'는 기다리는 사람이다. 횡단보도 앞에서 신호를 기다리는 일상의 작은 기다림은 끝을 알 수 없는 무한한 기다림으로 이어지기도 한다. 기다린다는 행위를 수행하는 자는 그가 현존하는 이곳에만 존재하지 않는다. "기다림 속에서 살아가는 자는, 기다림의 빈 곳인 삶과, 저 너머의 빈 곳인 기다림이 다가오고 있음을 본다"*는 블랑쇼의 말처럼 '나'는 기다림이 시작되었던 삶 너머의 빈 곳으로 필연적으로 돌아갈 수밖에 없다. 『종종』에서 시인은 다름없이 일상을 사는 '나'의 모습을 보여 주면서도 기다림과 연관된 지난 기억을 확인시키는 것으로 여기 있지 않은, 기다리는 '나'를 부른다. 그리고 이곳이 아닌 다른 시공간 ── '빈 곳'이라고 지칭할 수밖에 없는 어떤 공

---

* 모리스 블랑쇼, 앞의 책, 50쪽.

허 ─ 의 '나'와 지금-여기의 '나'를 나란히 두며 기다림을 끝내 망각하지 않는 '나'를 말한다. 지난 시집에서 이방의 낯선 이름을 화자의 이야기에 덮어씌우며 다층적인 레이어를 만들었다면, 시인은 이제 어떤 이름을 경유하지 않고도 고유한 '나'를 직시할 수 있는 사람이 되었다.

앞서 말하였듯 기다리는 자는 현실의 직선적인 시간만을 따르지 않는다. 인용한 「아무쪼록」에서처럼 사람들 틈새에 있으나 자신이 이곳으로부터 비껴 있다고 느끼는 순간은 또 있다. 가령 연착된 비행기를 기다리는 '우리'를 비추는 두 편의 시에서 화자는 "우리는 잘못한 게 없었지만 아무도 우리를 기다리지 않았다"(「연착 ─ 반타 공항」)고 말하며 기약 없는 기다림으로 인해 현실로부터 격리된 듯한 느낌을 받는다. "기다리는 것은 오지 않을 것 같았다"는 생각은 '우리'를 살아 있는 풍경 속 숨쉬는 사람이 아닌, "풍경처럼 거기에 앉아 있"(「연착 ─ 이발로 공항」)는 박제된 존재라는 실감으로 이어진다. 이렇듯 여기에 있으나 여기에 없는 듯 여겨지는 화자는 이러한 괴리를 느낄 때마다 자신의 고유한 상태인 너머의 그곳으로 반복적으로 회귀한다. 시인에게 있어 기다림의 장소는 시라는 카이로스적 사건을 발생시키는 발원이다. 그곳은 시집의 모든 수록작에서 일치하지는 않으나 여러 시편에서 발견되는 몇 가지로 특징지을 수 있다. 추운 겨울, 해질 무렵의 저녁, 도로 한가운데, 바다 위, 숲을 헤매며 찾을 수 없는 경계를 더듬는 화자가 몇 차례에 걸쳐 반복적으로 나타난다. 현실의 시간에 의해 계절이 변화해도 기다림의 장소는 꼭 같은 흐름을 따르지 않는다. 이와 같이 시적 화자에게 있어 명징한 다름으로 분리되는 두 공간은 각각 안과 밖으로 지칭할 수 있다. 그가 기다리고 있다는 사실과 무관하게 흘러가는 현실이 밖, 기다림의 주체와 겹쳐지는 너머는 안에 해당한다. "밖을 들여놓은 안은/ 밖으로 가득 찼지만/ 안에는 아무것도 없었다"(「꽃밭에는 꽃들이」)는 서술에서 유추할 수 있듯 현존하는 시간의 영향을 받아 밖으로부터 안쪽으로 스며드는 것이 있다고 해도, 이는 역설적으로 기다림의 장소가 영원히 채울 수 없는 텅 빈 공허라는 것을 증명한다. 기다림 외에는 무의미한 장소에서 '나'는 자신이 이곳으로 돌아올 수밖에 없음을 시시때때로 체감한다. "계절이 흐르는 동안 겨울은/ 나의 방구석에 보관돼 있다는 걸/ 장롱 문을 열며 알게 된 날이 있었다"(「전망」)거나 "티끌 하나 없는 내 방 나의 거실 우리의 집이/ 하루 아침에 온데간데없이 사라져 버리는 것을"(「불가사리」) 경험하듯 말이다. 벗어날 수 없는 안쪽으로의 이끌림은 화자로 하여금 갇혀 있다고 여겨지게 만든다.

나는 고속도로를 달리는 버스 안에 갇혀
꿈을 꾸었던 것 같아요

(……)

새로 만든 고속도로를 타고 자주

터널 안으로 들어가서 버스는

밤보다 더 깊은 밤에 갇히는 것 같았어요

―「꿈이 되는 꿈」에서

나는 쏟아지는 빗속에 갇힌 학교에 갇혀

비를 바라만 보았다

뛰거나 걷거나 뒤서거나 앞서거나

누군가가 지나간 자리 위로는

어김없이 웅덩이가 하나씩 생겨났다

조그만 웅덩이 안에서는 물결이

잠깐 동안 일렁이다 사라졌다

나는 빗속에 갇힌 운동장을 바라보다가

운동장에 갇힌 웅덩이들을 바라보았다

―「장마」에서

　갇힌 꿈을 꾸거나 외부 요인에 의해 자신이 갇혀 있음을 실감하는 상황은 '나'를 하나의 프레임 안에 가두지 않는다.「꿈이 되는 꿈」에서 고속도로 위 버스에서 시작된 갇혀 있다는 감각은 버스의 이동에 따라 캄캄한 "터널 안으로", 터널의 어둠과 닮은 "밤보다 더 깊은 밤"으로, 밤의 잠으로 연결되는 "꿈"으로 이어지며 화자를 가두는 요소들이 하나둘 더해진다. 「장마」도 같다. 수업이 끝나도록 그치지 않는 비에 "나는 학교 안에 갇혀" 있다고 말하는 것이 시작이지만 이는 곧 "나는 쏟아지는 빗속에 갇힌 학교에 갇혀" 있다는 확장된 서술로 변형된다. "빗속에 갇힌 운동장"과 "운동장에 갇힌 웅덩이"로 이어지는 전개 또한 갇혀 있는 공간 안에 또 다른 무언가가 갇혀 있는 모습을 보여 주며 웅덩이에 '나'의 모습을 비춰 보게 만든다. 이와 같이 어딘가에 갇혀 있으며 '나'를 가두는 프레임이 한 겹이 아니라는 사실은 화자에게 격리의 감각을 일깨운다. 그리고 격리의 시작은 현존하는 '나'의 꿈이나 상념으로부터 이어지는 기다림이라는 것도 모르지 않다. 그는 자신의 기다림과 무관하게, 기다림의 불가능성과도 무관하게 현실의 시간, 즉 크로노스의 시간은 속절없이 흐른다는 걸 안다. "기다리던 것들이 돌아오지 않아도/ 9월은 오더구나" (「발원」) 같은 말은 다른 시간을 오가는 자신의 운명을 아는 이의 희미한 중얼거림이다.

기다림을 위한 장소로 설명되는 안의 공간이 화자의 내밀한 기억에 의해 생성된 모호한 경계로 바깥과 분리된다고 말하였듯 이 시집에서 경계란 단번에 이해할 수 있을 만큼 선명하지 않기에 더욱 중요해 보인다. 호명으로 이방의 경계를 넘나들던 전작과 달리 『종종』에서는 그 경계를 말하는 것에서부터, 경계를 경계라 이름 짓는 것에서부터 고민이 시작되기 때문이다. 일상을 살다가도 수없이 기다림의 안쪽으로 불릴 때마다 '나'는 경계에서의 혼란을 겪는다. 횡단보도 앞에서 충혈된 눈으로 꼼짝 않고 신호등을 보고 선 사람처럼 자신에게만 다른 신호가 주어진 듯한 상황이다. 이때 자신의 손으로 분명한 선을 그을 수 있는 방법이 있다면 그것은 오직 기록만이 유일하다.

외투로부터 오는 겨울을 감응하지 못한 채 하루가 지나갔다고
적는다

어제는 기록적인 혹한의 날씨였고
오늘은 어제보다 기온이 오를 거란 예보

예보가 올라온 때가 하루의 경계일지 모른다고도
적는다

(……)

모든 경계는 기록으로부터 만들어진다고도
적는다

겨울을 기록하면 겨울을 기록한 자는 겨울에 갇힌다고

적는다

이미 겨울은 다 갔고
겨울에 겨울을 기록한 나는
겨울에 남아 돌아오지 못했다

—「기록적 겨울」에서

　시에서 말하듯 하루를 가르는 기준은 자정을 중심으로
하는 시간의 변화가 아니라 어제와 오늘의 다름을 짚어 낸
"예보"라는 "기록"에 의한 것일지도 모른다. "적는다"는 서술
어를 반복하며 기록하고 있다는 사실을 공고히 할 때 전에
없던 경계가 겹겹이 쌓인다. 이처럼 다름이 언어화되었을
때 그것은 경계로서 기능한다. 시집 속 수록작 또한 기록
적 경계의 영향 아래 있는 것 같다. 예를 들어 하나의 이름
이 여러 시에 등장하거나(「너는 나의 지어지지 않는 집」-「너
는 나의 지어지지 않는 집 2」, 「김녕, 바다」-「김녕, 바다, 노을」
등), 앞의 시에서 쓴 문장이 다음 시로 이어지는 흐름(「아무
쪼록」-「모쪼록」, 「해가 지고 있었다」-「해가 지고 있다」 등)과 같
이 두 편 혹은 그 이상 연작의 가능성을 보이는 다수의 시
편이 발견되는 이유에서다. 반복 속에서도 차이를 갖는 기
록으로 다름의 경계가 새겨지는 것이라면 시적 언어는 일
상을 떠도는 언어만큼 자주 찾아오는 건 아니다. 혼재된
시간 속에서 경계를 이룰 수 있는, 시가 될 수 있는 말의

기척에 귀를 기울이는 일도 화자가 행하는 기다림 중 하나일 것이다.

> 말은 지금도 어딘가에 있다고 했다
> 말을 가지려면 희귀해진 만큼
> 큰 값을 치러야 한다고 했다
> 있는 자들이 말의 고삐를 틀어쥐고 놓지 않아
> 없는 자들은 말을 볼 수도 말을 가질 수도 없다고 했다
>
> 말이 추억이 되고 무용담이 되고 전설이 되고
> 신화가 되어 사람의 기억 속에서 모두 날조될 때까지
> 그리하여 단 한마디 진정한 말도 살아남지 못할 때까지
> 듣고 싶은 말은
> 들을 수 없다고 했다
>
> ─「듣고 싶은 말」에서

어딜 가든 말이 많을 때가 있었지만 "기계가 말을 대신하게" 된 지금, 말은 "큰 값"이 필요할 만큼 희귀해지고야 말았다. 그렇게 원하는 "듣고 싶은 말"이 타자로부터 비롯된다는 점에서 '나'의 기다림과 무관하지 않다. '나'의 기다림은 그렇게 사라진 말을, "듣고 싶은 말"을 들려줄 수 있는 대상을 향해 있을 수밖에 없기 때문이다. 이는 '화자는 무엇을, 누구를 기다리는가?'와 같은 근본적인 물음과

연결되는 것이기도 하다. 기다림은 부재하는 이로부터 발생하며 임경섭의 시에서 그 대상은 줄곧 어머니로 그려져왔다. "40줄에 울다 잠들어도/ 쉬이 엄마를 만날 수 없다는 걸 아는 마음// 더러는 꿈결에 마주친 엄마의 얼굴을 2, 3일 기억하는 마음"(「우는 마음」)으로 채워지지 않는 공허를 끊임없이 들여다보며 시로 거듭 말하는 일. 시인에게 있어 시는 기다림의 불가능에 대한 응답이다. 어머니 외에도 유년의 기억에서 등장하는 친족들과의 이야기 또한 다시 만날 수 없는 시간 속의 장면들이라는 점에서 기다림의 연속에 있다. 그럼에도 지난한 기다림이 마냥 고통스럽지만은 않게 느껴지는 건 그가 기다림을 기념할 줄 아는 사람이기 때문일 것이다.

무엇도 기억할 게 없을 때
우리는 기념일을 기다렸다

가을이 가기 전에 흩날리던 눈을
우리는 첫눈이라 불렀지만
첫눈은 우리가 서 있는 거리에
닿자마자 녹아 사라졌다

사라진 것들을
우리는 기념하기 시작했다

(……)

그러나 우리는 기억되기보다는
기억하고 싶었다
우리가 사라지기 전에 사라진 것들을 기억할 수 있다면
기억하며 사라질 수 있다면
우리의 죽음을 기다리는 나날이
우리에겐 기념일이 될 수 있다고

기억할 게 없는 날들이
흔적도 없이 사라져 갈 때
기념일들은 켜켜이 쌓여
우리를 기념할지 모를 테니

　　　　　　　　　　　　　　　　　　　　　—「기념일」에서

　녹아 사라진 눈송이를 시작으로 하여 '우리'는 많은 것
들을 기억하고 기념하려 한다. 언젠가 우리가 사라지는 날
이 오더라도 "사라진 것들을" "기억하며 사라질 수 있"기
를 바라는 마음만이 가장 마지막에 놓인다. '기억하겠다'
는 다짐은 지금껏 그래왔던 것처럼 오랜 기다림을 지속하
겠다는 말과 다르지 않다. 먼 곳을 응시하며 우두커니 선
한 사람이 있다. 지어지지 않는 집과 같은 '너'를 기다리는
사람이 '지어지지 않는'다고 말하는 까닭은 그가 기다리는

'너'가 아직 오지 않았기 때문일 수 있다. 기억이 더듬고 있는 시간으로 짐작하자면 어쩌면 '너'는 지어지지 '않는' 것이 아닌 지어질 수 '없는' 것일지도 모른다. 그러나 '나'는 자신의 기다림으로 완전한 부정을 유예하고, 일말의 여지를 담은 말로 그 자리를 대신한다. 기억하는 이가 있어 망각되지 않고, 다른 무엇으로도 대체될 수 없는 자신의 자리를 내어 주지 않으며. 의지의 여하에 따른 '않음'은 그렇게 무언가를 지속시킨다. 시인은 '기억되기'보다 '기억하기'를 택했으나 『종종』으로 인해 우리는 그를 기억의 파수꾼으로 떠올릴 수밖에 없게 되었다. 그리하여 이 시집은 기억하며 기록으로 경계를 긋는 사람, 지켜야 하는 기억 속에서 영영 기다리는 한 사람의 이야기라고, 적는다.

지은이 **임경섭**

2008년 중앙신인문학상을 수상하며 작품 활동을 시작했다.
시집 『죄책감』 『우리는 살지도 않고 죽지도 않는다』가,
산문집 『이월되지 않는 엄마』가 있다.

종종

1판 1쇄 찍음 2025년 2월 28일
1판 1쇄 펴냄 2025년 3월 14일

지은이 임경섭
발행인 박근섭, 박상준
펴낸곳 (주)민음사

출판등록 1966. 5. 19. (제16-490호)
서울특별시 강남구 도산대로1길 62 (신사동)
강남출판문화센터 5층 (06027)
대표전화 02-515-2000 / 팩시밀리 02-515-2007
www.minumsa.com

ⓒ 임경섭, 2025. Printed in Seoul, Korea

ISBN 978-89-374-0948-6 (04810)
      978-89-374-0802-1 (세트)

• 이 책은 서울특별시, 서울문화재단 '2022년 창작집 발간 지원
  사업'의 지원을 받아 발간되었습니다.

민음의 시

민음의 시
목록